MW01609203

DIS 2889

qonta' Jules Verne

mughta' DeSDu'

SoSwI' quvmoHjaj paqvam

QI'tu' rurbogh DI'ruj luDab tera' vatlh DIS poH cha'maH HutDIch nganpu' 'ach ngoDvam luSovbe'law' chaH. chaHvaD Dajbe' DojwI'mey DuHmoHta'bogh Human Ser'a'. vIbHa'chugh chaH 'ej bovmaj luSuchlaH chaH net jalchugh, vaj bovchaj, bovmaj je patlhmoHlaH 'ej chaq tayqeqmaj

Ser'a'na' luyajchoH 'ej Dojbej vengchaj vur chaq 'e' luyajchoH. chaq tagha' wejvatlh 'uj juchbogh tawmey'e', Hutvatlh 'uj juchbogh juH qach'e' je, Hat pup je, muD Duj Dojmey, muD lupwI' Dojmey je ngaSbogh chal'e' je Ho'qu'choH. Dojbej veng'a'meychaj Dabbogh wa'maH'uy' ghotpu'. wa'SaD ben vengHom neH bIH parIy'e', lanDan'e', berlIn'e', nuyorgh'e' je. bovmaj vengmeyvetlh DabqI' yughbogh tawDaq lupwI' SubHa' luH Sarghmey—

teH! Sarghmey! tlhoS ghu'vam jallaHbe' vay'! bIQ Duj, lupwI' mIr je Duy' qawchugh chaH 'ej pIj puy 'ej QIt vIH bIH 'e' qawchugh chaH, vaj muD lupwI' mIr Qejchu' bovmaj SuchwI'vetlh. 'ej Surmen 'och'e' luQejqu'bej je! bIQ'a'Daq Dat bIH lutu'lu' 'ej bIHDaq qaStaHvIS wa' rep Sochvatlh vaghmaH qelI'qam lIDlu'! toH! ghogh HablI', HaSta jIH je lumaSlu'be''a', jan tIQ 'oghta'bogh Morse, Hugues je luqellu'chugh?

chu'bogh   De'   potlh   ngeHmeH

yapbe'qu"a' janmeyvetlh Dochaj?

Huj! ngoD'e' Sovbogh no'ma' bIH

Sermey'na'vam ghanroqmaj'e' 'ach tlhoy

ngoDvetlh qImHa'taH chaH. qaStaHvIS

Human qun Hoch, taHbej je tuj, SeS, 'ul

je. pIm Hap Surma', tamler Surma' je,

ngIq pay'an ru' walmeH mIwmo' neH 'e'

lutobbe"a' HanwI'pu', DorDI' vatlh DIS

poH wa'maH HutDIch?

ngIq   pay'an   walmeH   mIw   pIm

ngu'meH poH law'qu' poQlu' 'e' HarmeH

Qatlh, wejHa' Surma' rarchuqmeH wanI'vam bopbogh De'vam potlh tu'lu'ta'mo'. qen neH ngIq pay'an walmeH mIw lIngqa'laH tej tlhoS 'e' HarlaHbe' vay'.

'ach teHbej 'ej DIS 2790 neH qaS wanI'vam potlh. wa'vatlh ben qaS wanI'vam 'ej ngoy' Oswald Nyer noy.

Human Segh boQwI''a'na' ghaH loDvetlh'e'! latlh yajchoHchu'ghach law'qu' qaSmoH yajchoHchu'ghachDaj'e'! 'oghwI' Doj pIlmoH wanI'vam. chaH'e', qImroq tuj tuj chargh 'ej jonlaH 'ej Satlh boQqu' 'ej vaj James Jackson janmey Dun nguSDI' DuHlaH je chaH. jul tIH jonbogh vI'wI'mey, 'ul'e' lIngbogh yuQmaj botlh vI'wI'mey je 'oghta' 'oghwI'vam Dun. vabDot HoS lIngbogh Dochmey Sar (bIQ notron, yIb but, bIQtIq, latlh je) vI'meH jan 'oghta' ghaH. latlh jan 'oghta' je: HoS choHwI' 'oH. vI'meH janvo' Surma' HoS jonlaH. Surma'vam jonDI', tuj, tamghay, 'ul, Hap Surma' joq DalaH.

Surma'vam jonpu'DI' janvam 'ej Qu' turnISlu'bogh turlu'meH turlu'ta', loghDaq ngeH 'oH.

teH! janmeyvam 'oghta'DI' loDvam, taghDI' Serna'. lo'meychaj toghlaHbe' vay'. qImroq bIr bIrqu'be'moHmeH qImroq tuj tuj jonlu'ta'bogh lo'lu' 'ej Satlh boQchu' mIwvam'e'. muD DujvaD Surma' jonlu'ta'bogh ngeHlu'mo', Dubchu' malja'mey. 'ul lIngtaH janmeyvam 'ej vaj 'ul 'aplo'mey, mIqta' joq lupoQlu'be'taH. bIHmo' wovmoHwI'

HujmeH pagh meQnISlu' 'ej pagh tujnISmoHlu'. not laSvargh QapmoHmeH HoS tlhuchlu' 'ej vaj wa'vatlhlogh ghup yuQmaj lIngmeH laH.

...

toH! wa' Daq le'Daq Hoch Dochmey Doj lutu'lu'–*tera'* QonoS chalqach 'oH Daqvam'e'. qen Universal-CityDaq mutlhlu'ta'. 'amerI'qa' mon 'oH vengvam'e' 'ej vaSbogh tawDaj wa'netlh javSaD chorghvatlh cha'maH wejDIchDaq tu''egh *tera'* *QonoS* chalqach.

nuq jatlh *nuyorgh QonoS* cherwI', Gordon Benett, DaHjaj boghqa'chugh 'ej DuHmor rurbogh chalqachvam leghchugh? nagh chIS, qol'om je yugh reDDaj 'ej vu'wI' ghaHbej Benett nortlham, Francis Benett. qaStaHvIS cha'maH vagh puq poH *nuyorgh QonoS* SeHtaH Benett tuq. cha'vatlh ben 'amerI'qa' SepjIjQa' mon mojHa'DI' wa'SIngtanDIySIy 'ej 'amerI'qa' SepjIjQa' mon mojDI' Universal-City, qum tlha' De' chu' ghItlh malja'. De' chu' malja' tlha'be' qum net tul!–'ej veng chu'Daq QapchoHDI' De' chu' malja', per chu' lo'choH: *tera' QonoS.*

'ej De' chu' ghItlh malja'vam SabmoH'a' Francis Bennet loH? ghobe'! vabDot De' chu' ghItlh malja'Daj HoSqu'qa'moHchu'ta' 'ej vaQqu'qa'moH vu'wI"a' chu'! De' chu' muchmeH ghogh

HablI' lo'choH 'e' nab ghaH. Hoch po *tera' QonoS* QummeH ghogh lo'lu'; navDaq De' chu' ghItlhlu' 'e' qa'. De' chu' muchmeH Ho'DoS tIQ 'oH De' chu' ghItlhmeH mIw. DaH lIvuQDI' De' chu' ghojmeH De' chu' 'IjwI', De' chu' ja'wI', woQtej ghap, HanwI' ghap 'IjnIS neH. Hoch jaj De' chu' ghItlh HevmeH mab qI'pu'be'chugh vay', vaj ghogh HablI' raywalDaq De' chu' much DIllaH ghaH.

De' chu' ghItlh malja' tIQ vaQqa'moH chamvam chu' 'oghta'bogh

Francis Benett. jar puS qubbID neH Hoch jaj De' chu' ghItlh chu' DIlmeH mab qI'pu' chorghmaH vagh'uy' nuvpu' 'ej wejSaghan DeQ baj De' chu' ghItlh malja' vu'wI' 'ej ghurtaH lo'laHghachDaj. mIpvammo' yaHnIv chalqachDaj chu' chenmoH. chalqach'a' 'oH. wa' vI' vagh qelI'qam 'ab ngIq loS reD. bebDaq joqtaH SochmaH vagh DujtlhuQ cha'bogh 'amerI'qa' SepjIjQa' joqwI' Dun.

voDleH lulajqang 'amerI'qa' SepjIjQa'nganpu' net jalchugh, vaj DaH 'amerI'qa' voDleH ghaHbej Francis Benett'e', De' chu' ja'wI' pIn'a' ghaHmo'. choHon'a'? 'a lojmItDaj HurDaq qev Hoch Sep gharwI"a', 'oSwI' je. chaHvaD qeSHom neH nobmeH qoy'. naD 'e' lutlhob. chaH boQmeH malja'Daj HoSghaj lo' 'e' lupoQ. HanwI' tungHa'bogh, meHghem chenmoHwI' QaHbogh je, 'oghmeH jInmol DIlbogh je tItogh. chuQun ghaHbej 'ej vumqu'. not leS. pa'logh Hoch Qu' turbogh DIghlaHbe'bej vay'. Do' bovDaj loD motlh HoS law' pa'logh loD motlh HoS puS, porghQeDchaj nIvmo', mI'meH mIwchaj nIvmo' je. meqvam napmo' qaStaHvIS javmaH chorgh DIS yIn Human motlh net pIH; wejmaH Soch DIS qa'. 'ej nIv bovDaj loDpu' pIvqu'moHtaHmo' lerup Hutlhchu'bogh Soj'e'. wej lay SoplaHbogh vay' 'oghlu'ta' 'ach lIb chamvam chu' 'ej SoplaH nuv motlh tlhuHtaHvIS neH tugh net pIH.

'ej DaH *tera'* *QonoS* DevwI' yIn wanI' motlh DaSov DaneHchugh, yIqIm. DaHjaj qaS DIS 2889 jar Soch jaj cha'maH vagh 'ej Qu' law' bambej ghaH.

...

povam vemDI' Francis Benett, qej. chorghHu' vIraSDaq ghIQchoH be'nalDaj 'ej mobmo', loQ 'IQ. ghu'vam HarlaHbej'a' ghaH? chorgh ben tlhoghchuq chaH 'ej qaStaHvIS poHvetlh lengvam ret nI' law' Hoch latlh nI' puS. motlh 'ewropDaq ghIQmeH cha' jaj, wej jaj ghap neH poQ be'nalDaj. vabDot parIy maS be'nalDaj. pIj mIvmeyDaj je'meH pa' leng.

vemDI' HaSta HablI'Daj chu'. Champs-Élysée taw vaSDaq latlh DuHmorHomDajDaq 'oHtaH janvam baS SIrgh megh'an'e'.

mergh ghogh HablI', HaSta je— tlhetlhbej nughmaj! tIQbej wab qenbogh jabbI'ID 'ach qen neH mIllogh labmeH mIw DuHmoHlu'ta'. chamvam chu' Qej Francis Benett 'ej 'oghwI'Daj naD be'nalDaj cha'bogh HaSta leghDI'. DaH qay'be' chaH chevbogh chuq'a'.

jorchan 'IH! wa'Hu' ram qaStaHvIS lopno' jeS qoj muchpa'Daq much bejpu' Edith Benett vaj wej QongDaqDaj lItHa'. tlhoS pa' qaS DungluQ 'ach QongtaH ghaH 'ej Hoybogh ngogh tunqu'Daq QottaH nachDaj.

'ach DaH loQ vIHchoH…jel wuSDaj…naj'a'? HIja'! naj…nujDajvo' nargh pong: «Francis...Francis, qaSaHchu'!...»

pongDaj jatlhmo' ghoghvam ngar, loQ QuchchoH Francis Benett. QongwI' 'IH vemmoH neHbe'. nom QongDaqDaj lItHa' 'ej tuQchoHmeH jan 'el.

qaSpu'DI' cha' tup yaHDaj tlhopDaq ghaH roQ jan. Say' 'ej ghIHHa' jIbDaj 'ej waq tuQ 'ej Sut tuQ 'ej ghaH boQta' pagh boQDu'. tugh Qu' turchoH. maghpub qonwI' pa' 'el Francis, latlh pa' 'elpa'.

tInqu' pa'vam. pa' bebDajDaq 'oHtaH 'al'on yughbogh moQbID Dem'e'. wa' tajvajDaq 'IjwI' boHvaD wa'vatlh maghpub wa'vatlh 'ay' muchmeH ghogh HablI' lo' *tera' QonoS* qonwI'pu'.

qaStaHvIS vagh tup mev wa' qonwI' 'e' tu' Benett.

«majQa', qonwI'» jatlh Francis Benett. «'eyqu' paqlIj ret 'ay' Qav! bangDajvaD DI'ruj QeD bopbogh Seng puS'e' rIchDI' vengHomngan, bIchongqu'. Hatlh tIgh DaDelchu'!

yIjeghQo', Archibald quv, yIjeghQo'!
wa'Hu', SoHmo', De' chu' muchmaj
HevmeH mab qI' wa'netlh nuv chu'!»

«John Last» jatlh Benett. DaH latlh
ghaqwI'vaD jatlhchoH. «choyonmoHbe'.
pIlmoHbe' maghpublIj! tlhoy nom lutlIj
Davan! 'ej DelmeH mIw'e'?
bIDelnISchu', John Last, bIDelnISchu'!
qonmeH Haqtaj lo'nIS qonwI' qa'!
buSHach ru' mIr gher'ID 'oH Hoch
wanI''e'. vaj ghot HarlaHbogh vay'
chenmoHlu'meH ngIq buSHach

DelnISlu'! 'ej ngeDbej mIwvam, 'ul

vongmeH mIw lo'lu'DI'. yab qoD wav 'ej

tlhabmoH mIwvam! bIyIn 'e' yIbej, John

Last! vInDa'lI' vInaDbogh yIDa!

Davonglu'jaj! nuq? wejHa' Davonglu'

choja''a'?...toH! vaj tlhoyHa' Davonglu'!»

toy'wI'Daj qeSpu'DI' Francis

Benett, latlh toy'wI'pu'Daj nuDqa' ghIq

De' chu' muchmeH pa' 'el. ghogh HablI'

tlhopDaq ba'taH wa'maH vagh De' chu'

muchwI' 'ej 'IjwI'vaD De' chu' muchlI'.

qaStaHvIS ram tera' Hochvo' De' chu'

Qulta'. pIj mIwvam'e' vu'bogh malja'vam Dellu'. ghogh HablI' lo' ngIq De' chu' muchwI' 'ach ngIq tlhopDaq Se' choHmeH leQ tu'lu' je. HaSta jIH Se' rarmoH De' chu' muchwI''e' chaw' leQvam. vaj wab much neH naw'laHbe' 'IjwI'. wab much, HaSta much je naw'laH. wanI' bopbogh De' chu' muchlu'DI', wanI'vetlh cha'bogh mIllogh Dojmey lumuchlu'.

wa' logh bopbogh De' chu' muchwI'vaD jatlh Francis Benett.—

potlhchoHbej De' chu' muchwI' Seghvam, qen tlhetlhqu'mo' HovQeD.

«vaj nuq DaHevpu'?...»

«Sol wa', Sol cha', Sol loS je cha'bogh mIllogh vIHevpu', qaH.»

«Sol loS'e', Daj'a'?...»

«HIja'! yuQvetlh wo'Daq Daw' choH'a' poQwI'pu'. lurDech HubwI'pu' qaD.»

«vaj nurur!–'ej ju'pIter'e'?...»

«pagh. wej ju'pIterngan chaDvay' DImeSHa'laH. chaq chaDvay'maj'e' Hevbe'...»

«Qu'lIj 'oH Qu'vetlh'e' 'ej qangoy'moH, Cash!» jang Francis Benett. qej. QeD bopbogh Qulpa' 'el.

De'wI'chaj qImqu'taH HanwI' 'ej ghIqtu' Qatlhqu' buSlI'. wItte' SImtaHvIS 'ej roDSer cha'maH loSDIch HaDtaHvIS HanwI'vam, reHlaw'; mI'QeD loS pab lo'bogh puq'e' rur.

qagh Francis Benett; jorwI' rur.

«toH, HIja'. jangbe'taH'a' ju'pIter?...vaj taH ghu' rap! Hu'tegh, Corley, cha'maH ben yuQvetlh DaHaDqu'choH 'e' vIqawlaw'...»

«nuqneH, joHwI'?» jang HanwI''e', ghelpu'mo' Benett. «pupbe'taH leghmeH laHmaj, vabDot wa' vI' vagh qelI'qam 'aDbogh chuq'a' leghwI'maj wIlo'DI'...»

«bIQoy'a', Peer? pupbe' leghmeH laHraj!...leghmeH laH Darang SoH'e', maqoch! neqratlhlIj yItuQ! neqratlhlIj yItuQ!»

ghIq CorleyvaD jatlhqa':

«ju'pIter wIrIchbe'choHjaj. maSmajvo' vay"e' wIHevpu"a'?»

«ghobe', qaH!»

«toH! DaH leghmeH laHraj yIpIchQo'! javvatlhlogh marIS Hop law' maSmaj Hop puS 'ach pIj yuQvetlh wIrI'. vaj chuq'a' leghwI' nIv boHutlhbe'...»

«bIlugh! qay' ngan'e'.» jang Corley. loQ mon; ghIqtu' qelbogh tej rur.

«chIm maS 'e' Dawoq 'e' DangIl'a'?»

«chImbej Dop wIleghlaHbogh, qaH. latlh Dop'e'...»

«vaj, Corley, ma'olmeH wa' Qu' neH wIturnIS...»

«HIja'...»

«maS wIDopnISmoH!»

'ej jajvetlh Benett Qulpa'Daq SIbDoHmaj but DopmoHmeH mIw 'oghchoH tejpu' puS.

Francis Benett yonmoH malja'Daj HochHom Dotlh. yuQ chu', Gandini DI'on woqta' *tera' QonoS* toy'bogh

Hovtej. chorghvatlh'uy' wa'bIp cha'netlh loSSaD wa'vatlh loSmaH cha' vI' cha' vagh qelI'qam 'aD 'oH, julDaj je joj 'ej wa'logh bavchu'meH vaghvatlh SochmaH cha' DIS, HutmaH loS jaj, wa'maH cha' rep, loSmaH wej tup, Hut vI' chorgh lup je poQ.

Doj Hovtejvam 'e' Har Francis Benett, mI'vam SachmoHta'mo'.

jach «malQa'! SIbI' De' chu' muchwI'vaD pojvam yIja'! Hochlogh roghvaH SeymoH HovQeD De' chu' 'e'

DaSov. jajvam ngoD Datu'pu'bogh muchlu' 'e' vIpoQ!»

De' chu' QulwI' pa' mejpa', yu'wI' ghomDaq SIq 'ej noywI' yu'wI'vaD jatlhchoH:

«Wilcox Qang Dayu'ta''a'?» tlhob.

«HIja', qaH. tlhoy tInchoHmo' burghDaj bechtaH 'ej burghDaj Say'moHmeH 'ochHom lo' QelDaj. De' chu' ghItlhDaq De'vam vIghItlhpu'.»

«pup. 'ej Chapmann meqba''e', noHwI' Dayu'ta''a'?...»

«HIja' 'ej wa' DoS luqIp: DIv 'e' Har Hoch. vabDot qaSbe' meqba' net pIH Qochbe'mo' Hoch. HeSwI'Hey muHlu', qIchlu'pa'...»

«pup!...pup!...»

malja' numwI' pa' 'oH pa' veb'e'. tIq pa'vam. pagh vI' cha' vagh qelI'qam 'aD. malja' nummeH vep DojmeH vu' *tera' QonoS* Segh net jalmeH ngeDqu'. Hoch jaj wej'uy' DeQ Suq *tera' QonoS* malja' nummeH vepmo'. chu'chu'bogh cham ngarmo', qIt malja' nummeH Ho'DoS

chu'. chamvam chu' lIngmeH chaw'
DIlDI' *tera' QonoS*, wej DeQ neH nob
neH 'ej DaH Heghpu' 'oghwI'Daj,
ghungchu'mo'. 'engDaq malja' nummeH
mIllogh tInqu' Hotlh janvam.
tInchu'mo', Sep HochDaq bIH leghlaH
Hoch. motlh pa'vamDaq QaptaH
wa'SaD Hotlhwl' 'ej 'engmeyDaq
tInqu'bogh mIlloghvam chum mIr
HotlhtaH bIH.

'ach DaHjaj malja' nummeH pa'
'elDI' Francis Benett, Qapbe'taH

Hotlhwı'chaj 'ej QamtaH neH jonwı'pu'.

neqchuqtaH ngIq DeS 'e' tu'. ghu'

yajmeH tlhob Benett. jangmeH chalDaq

SIq neH jonwı'pu'. SuD; bIQ'a' rur.

«Sulugh!...pup jajvam muD Dotlh»

jatlh Benett tlhuptaHvIS. «'ej vaj

DuHbe' malja' nummeH mIw! nuq

wIta'? SISchugh, qay'be'! 'a SISbe'.

'engmey'e' DIpoQ!...»

«bIlugh...'IHbogh 'eng chISqu'

DIpoQ!» jang jonpIn.

«toH, Samuel Mark, QeD bopbogh De' chu' Qulpa' yIjaH. pa' muDtej yISam. 'eng pargh lIngmeH mIw QulchoH ghaH 'e' vIra' ghaHvaD yIja'. nuSIghchu' muD Dotlh 'e' wIchaw'laHbe'bej!»

...

De' chu' ghItlh malja'Daj yaHmey Sar Suchta'DI', ghommeH pa' ghoS Francis Benett. pa' luloSlI' Duy'a'pu', gharwI"a'pu' je lajbogh 'amerI'qa'

SepjIjQa' qum. chaH qeS *tera' QonoS*
DevwI' HoSghajqu' luneH. pa' 'elDI'
Francis Benett, ja'chuqqu'taH Hoch
SuchwI'pu'.raSya' Duy'a'vaD jatlh vIraS
Duy'a' «HIqIm. 'ewrop pu'jInDaq pagh
veH wIchoHqang. 'ewrop 'ev chan 'ev
Sep SeH neHchugh raSya', qay'be'chu'.
'ach 'ewrop tIng chan tIng Sep SeHjaj
vIraS'e'. pov veHmaj: rayIn bIQtIq.
qaghuHmoH: Sep DISIghbogh, 'Italya',
'eSpanya', 'oSteray' je, SeHchoH 'e'
nIDchugh raSya', 'ombej qumwIj.

ngachwI'pu' qagh Francis Benett. jatlh «maj! raSya' Duy'a' quv, chay' DuyonmoHbe' wo'lIj tInqu'? 'ev tIng veHraj 'oH rayIn bIQtIq'e' 'ej chan veHraj 'oH jungwoq veH'e'. bIQ'a' taD, 'atlantIq bIQ'a' je, barat bIQ'a' je bIQ'a' qIj je boSporoS je Hot raSya' wo'. DuHbej'a' noH, cham vur lo'lu'chugh? DaH vIQmoHlaH vaghmaH qelI'qam lIDbogh tal. DaH wey'a' Hoch Qaw'laHchu' wa'maH qelI'qam 'aDbogh 'ul tIH'a', pe'vIl bI'chu'taHvIS. Sep roghvaH Hoch SangmeH rep puS neH poQ rop'a', pom je ngaSbogh jornub'e'.

«net Sov, Benett!» jang raSya' Duy'a'. «'ach latlh wIv wIghajbe'...chan Sepmaj SachHa'moH jungwoq vaj 'ev tIng 'evDaq maSach 'e' wInIDnIS...»

«teH'a', Duy'a' quv?» jang Francis Benett. nguq 'e' 'ang ghoghDaj. «vaj qo' Hoch buQlaw'mo' jungwoq, jungwoq voDleH wIqaDbej! roghvaHDajvaD 'aqroS cher ghaH 'e' wIpoQ. 'aqroSvetlh pabHa'chugh vay', vaj muHlu'! puq 'Iq boghmoHchugh qorDu', vaj vav weS qorDu'vetlh. may.—'ej SoH?» DaH 'Inglan 'oSwI'vaD jatlh *tera' QonoS* Dev'wI'. «chay' qaboQlaH?...»

«juQaHnIS, Benett quv» jang 'oSwI'. «ngoQ'a'maj wIchavmeH nunaD De' chu' ghItlh malja'lIj 'e' wIpoQ...»

«ngoQ'a'raj yIngu'...»

«tuqjIjQa' DantaHmo' 'amerI'qa' SepjIjQa' mamorghlI'...»

«toH!» jach Francis Benett. jIm. «wa'vatlh vaghmaH ben Sepraj yot 'amerI'qa' SepjIjQa'! va, 'amerI'qa' SepjIjQa' mID 'oH tuqjIjQa' not 'e' lulaj'a' 'Inglangan? Sumaw'! SepwIj tlhIn vImagh chay' 'e' HarlaH qumlIj?...»

«'amerI'qa' SIgh 'ewrop 'e' bot Monroe vep'a' net Sov 'ach 'ewrop'e'...»

«mIDmaj 'oH 'Inglan'e' 'ej vabDot 'oH 'IH law' latlh mIDmaj 'IH puS. wIDan not 'e' wImevqang.»

«vaj juQaHQo''a'?»

«tuQaHQo'. 'ej Suqapchugh, noH wItagh. vabDot wa' De' chu' ja'wI'vaD bIjatlhchugh, noH wItagh!»

«vaj pItlh» jatlh Duy pIlHa'. «tuqjIjQa', qa'naDa', 'Inglan chu' je SeH 'amerI'qa' SepjIjQa'. barat SeH raSya'. tlhab 'aSralya', nu'SIylan je! 'Inglan wo' Deq'e', chuv nuq?...pagh!»

jagh Francis Benett. jatlh «pagh? toH! 'ej ghIbralter'e'?»

...

qaS DungluQ. qepDaj vanmeH Sawlay lo' *tera' QonoS* vu'wI''a' ghIq ghommeH pa' mej 'ej lupwI' quSDaq ba'. qaSpu'DI' tup puS qelI'qam bID lID 'ej SopwI' pa'Daj paw.

raSDaq ngop, taj, puq chonnaQ je tu'lu'. raS tlhopDaq ba'choH Francis Benett. ghaHDaq Sum 'och neb puS; SIchlaH. 'ej ghaH tlhopDaq 'oHtaH HaSta HablI''e'. chu'. parIy DuHmorHomDaj SopwI' pa' cha'. pIm parIy rep Universal-City rep je 'ach qay'be'. nItebHa' megh luSop 'e' lunab Francis Benett, be'nalDaj je. nItebHa' nay' SopDI' cha' qab Dunbej wanI', vabDot Hopqu'taHvIS 'ej rI'chuqtaHvIS neH.

'ach DaH chIm parIy DuHmorHomDaj SopwI' pa'.

«paS Edith!» jatlh Francis Benett. «va! be'pu' jey'e', tlhetlhbe'law' 'oH neH!...»

'ej qechvam qelpu'DI', 'och neb poSmoH. juHDaj tlhInDaq vut 'e' tIvbe' Francis Benett; bovvam nuv HochHom rur. vaj *juH Soj tlhoQ* Soj HevmeH mab ghaj. roghvaHvaD Soj HIjmeH SurmeH 'och lo' tlhoQ. Soj Sarqu' jab. waghbej Soj HevmeH mab ngevbogh tlhoQvam 'ach nIvbej Soj jabbogh 'ej tlhoQvammo' vutnISbe'chu' be', loD je.

vaj nIteb megh Sop Francis Benett, loQ 'IQtaHvIS. tlhoS qa'vInDaj tlhutlhchu'pu', Edith Benett cha'choHDI' HaSta HablI'.

«nuqDaq SoHtaH, Edith?» tlhob Francis Benett.

«nuqjatlh?» jang Edith Benett. «bISoppu''a'?...vaj jIpaS'a'?...nuqDaq jIHtaH? ...toH! mIv mutlhwI' vISuchlI'!...Hoghvam mIv 'IHqu' tu'lu'!...moQbID'e' rur!...loQ jIjeH 'e' vI'Ir!...»

«loQ, bangwI'. ghu'vammo' bIpawDI' wejHa' rIn nay'wIj.»

jang Edith Benett. jatlh «vaj yIjaH, bangwI'...Qu'lIj tItur. jIH'e', Sut renwI' vISuch 'e' vInab.» Wormspire 'oH Sut renwI' Suchbogh pong'e'. Edith Benett qevpob cha'bogh HaSta 'ay' yach Francis ghIq Qorwagh chol. pa' muD DujDajDaq loS 'orwI'Daj.

«ghoch, qaH!» jatlh muD Duj 'orwI'.

«nayeghra vI'meH jan laSvarghDaq HIlup.»

Duj Doj 'oHbej muD Duj'e'. 'oH qItmoHbogh chamwI'mo', layDaq puvlaH Doch 'ugh. qaStaHvIS wa' rep leng net jalchugh, wejvatlh qelI'qam lIDlaH Benett Duj. DaH Benett bIngDaq vengmey lutu'lu'. bIHDaq Dat raQpo' qengbogh vIHtaHbogh tawHom lutu'lu'. HatlhDaq yotlh velchu' 'ul baS SIrghmey; voDchuch SIr'o' lurur.

qaSpu'DI' wejmaH tup, nayeghraDaq vI'meH jan laSvarghDaj pawta' Francis Benett. 'ul lIngmeH bIQ notron lo' laSvarghvam. ghIq 'ulvetlh ngev pagh noj Benett. laSvarghDaj

Dotlh chovta'DI', vIlaDelvIya', baStan, nuyorgh je Such, Universal-City cheghpa'. wa'maH Sochvatlh rep ghochvetlh QavDaq muD DujDaj yongHa'.

tera' QonoS loSmeH pa'Daq ghom'a' tu'lu'. chegh Francis Benett 'e' luloSlI' qevpu'wI'. BenettvaD jatlh 'e' tul ngIq, Hoch jaj nuv puS qeS 'e' chaw'mo'. Huch poQ cham 'oghwI'pu' 'ej malja' qech much Suypu'. QaQlaw' qech HochHom Qoybogh Benett 'ach qech puS neH wIv.

vaj jInmol qab lajnISQo' 'ej jInmol nub nuDnIS 'ej jInmol QaQ lajnIS Benett.

nom jInmol lI'Ha' chupbogh jInmol cherwI' rItHa' Francis Benett. nagh beQ Qatqa'moH 'e' nab wa' loD. notlhqu' vIqraq Seghvetlh. vabDot qen *Angélus* chenmoHta'bogh Millet DIlmeH wa'maH vagh DeQ nobpu' vay'. pIch ghaj mIllogh chum qonwI' jan. tlhoS DorDI' vatlh DIS poH cha'maHDIch janvam lI'qu' 'ogh nIpon chamwI' Aruziswa-Riochi-Nichome-Sanjukamboz

-Kio-Bashi-Kû 'ej chavDajmo' Qatchu' pongDaj. Human jubmoHbogh lerup tIq tu'ta' latlh. tamler chu' tu'ta' latlh. 'oHvaD *nIHIlyum* pongpu' 'ej wa' cheb SuqmeH vay' wej'uy' DeQ neH nobnIS 'e' nab ghaH. ropHom vorlaHbogh Hergh much Qel vaw.

Hoch tulwI'vam rItHa' Benett. Do' latlhpu'. wa' loD yu'choH 'e' wuq Benett. tIn loDvam Quch 'ej vaj valqu'ba' 'e' 'Ir Benett.

jatlh loD «SochmaH vagh tamler nap yugh Hoch Hap pa'logh net Har. wej tamler nap neH yugh Hoch Hap DaHjaj net Har. De'vam DaSov'a'?»

«HIja'» jang Francis Benett.

«maj. wa' tamler nap neH tu'lu' tlhoS 'e' vItob 'ach Hogh puS pIq Huch vIHutlhchoH.»

«'ej vaj...»

«vaj Hoch vIyajta'!»

«'ej QulmeH jInmollIj gher'ID yIngu'.»

«jIQapchugh ngeDchoH Hoch Hap lIngmeH mIw. nagh, Sor Hap, HanDI', latlh je lIngmeH ngeDbej.»

«yoq DamutlhlaH choja"a'?»

«HIja'...qa' neH Hutlh!»

«qa"e' neH Hutlh!» jang Francis Benett. tamlertej Qup vaqlaw' 'ach *tera' QonoS* QeD De' chu' gherwI' gheS SIbI' 'e' poQ Benett.

vatlh DIS poH cha'maH HutDIch Qatbogh ngong tIQ buS latlh tej. veng Hoch vIHmoH neH. ngongDajvaD Sav veng lo' neH, Soch qelI'qam neH 'aDmo' 'oH, bIQ'a' HeH je chuq. bIQ'a' HeHDaq vergh mutlh DaqDaj chu'Daq veng lupta'DI' 'e' nab je. ghurbej puHvetlh lo'laHghach 'ej ghurbejtaH veng'e' lo'laHghach.

Francis Benett vuQ jInmolvam 'ej jInmol bID DIlqang ja'.

Benett van 'oghwI' wejDIch nguqHa'taHvIS ghIq jatlh «muD 'umbermaj wISeHchu'meH vI'meH jan, tamghay choHwI' je, tera' tuj choHwI' je

DIlo' net Sov. ghu'vam vIDub vIneH jIH. tuj wIlIngmeH HoSvetlh wIlo' vIneH. ghIq Sep bIrDaq tujvetlh wIlup 'ej pa' chuch wItetlaHbej...

jang Francis Benett «nablIj HInob 'ej chorghleS yIchegh!»

ramvetlh qo' Hoch SeymoHbogh bInglan tob ja' HanwI' loSDIch.

wa'vatlh ben ngong noy tur Nathaniel Faithburn tej net Sov. Human taDmoHmeH mIw Qulqu' 'ej mIwvam DuHmoH neHqu'. mIwvam ta'meH nuv porgh Qapbe'moH neH ghIq DorDI' qubbID, nuvvetlh porgh Qapqa'moH neH. ngongDajvaD porghDaj tlhIn lo' 'e' wuq Faithburn. rob'agh vepDaq taDHa'moHmeH mIw QIj ghIq wejmaH wej gheHbogh pel'aQ qoDDaq QotchoH. wa'vatlh DIS qubbID pa' ratlh porghDaj 'e' ra' 'elpa' 'ej vaj qaStaHvIS qubbIDvetlh pa' ratlh; lom rur.

DaHjaj, DIS 2889 jar Soch jaj cha'maH vagh, Dor qubbIDvetlh 'ej *tera'*

QonoS yaHnIvDaq wa' pa'Daq Faithburn vemmoHmeH mIw loSlu'qu'bogh bej 'e' tlhob HanwI' loSDIch. wanI' qon 'ej Del De' chu' ja'wI'pu'Daj net chaw'ba'.

laj Francis Benett ghIq, cha'maH cha'vatlh rep taghmo' wanI'vetlh, loSmeH pa'Daq quS tIqDaq QotchoH. ghIq leQ 'uy 'ej ghenraq Se' naw'.

DaH rIn jajvam ghan 'ej bel'a' 'oHbej QoQ 'ey qonta'bogh QoQ qonwI' po'qu' 'IjmeH mIw'e' 'e' Har Benett.

bovDaj Hoch QoQ qonwI' SIgh ghIqtu' 'ey net Sov.

Hurgh pa' 'ej vaj QIt QongchoH enett. ngoj najtaHvIS. 'ach pay' lojmIt poSmoH vay'.

«SoH 'Iv?» jatlh Benett ghIq wovmoHwI' chu'meH leQ 'uy.

SIbI' wovqa' rewve', lay 'ulmo'.

«toH! Sam Qel SoH, qar'a'?» jatlh Francis Benett.

«qar.» jang Sam Qel. Hoch jaj Benett Such. «qay"a' vay'?»

«ghobe'.»

«maj...jatlIj HI'ang.» 'ej Benett jat nuDmeH chuqHom leghwI' lo'. «maj...DaH tIqlIj Dotlh vIchov...»

'Iw Surmen noch lel. Qombogh yav noch rur janvam.

«pov!...'ej Soj yap DaSop'a'?»

«Hu...»

«toH...burghlIj! pIvbe' burghlIj! qanchoH burghlIj!...burgh chu' DaSuqnISbej!... »

jang Francis Benett «chaq! 'a DaH nItebHa' maSopjaj, Qel!»

nay' luSoptaHvIS be'nalDaj QummeH HaSta HablI' chu' Benett. DaH raSDaq ba'taH be'nalDaj 'ej SaHmo' ghaH, 'ej loy'mo' Qel, Hoch SopwI' belmoH 'uQ. rInDI' nay' tlhob Francis Benett: «ghorgh Universal-City Dachegh 'e' DaHech, Edith?»

«DaH jItlheD.»

«'och Dalo"a' pagh muD lupwI' mIr DalIgh'a'?»

«'och vIlo'.»

«vaj tugh naDev SoHtaH'a'?»

«cha'maH wejvatlh vaghmaH Hut rep jIpaw.»

«parIy rep Dalo''a'?...»

«ghobe'! ghobe'!...Universal-City rep vIqel.»

«vaj tugh maleghchuqqa'. 'och Dayong 'e' yIlIjQo'!»

bIQ'a' ravDaq bIHtaH 'ochmeyvam'e' 'ej bIHDaq lengDI' vay', cha'vatlh HutmaH vagh tup qubbID neH 'ewropvo' Universal-City pawlaH 'ej vaj bIH qaq law' muD lupwI' mIr qaq puS, wa' rep qubbID vaghvatlh qelI'qam neH lIDlaHmo' bIH.

...

qaStaHvIS Nathaniel Faithburn taDHa'moHmeH mIw SaH 'e' lay' Qel ghIq mej. jajvetlh Huch ta nuD neH Francis Benett vaj vummeH pa'Daj jaH. ngeDbe'bej Qu'vam, Hoch jaj chorghvIp

DeQ lo'nISmo' malja'Daj. Do' Qu'vam Segh ngeDmoH cham vur. SImwI'Daj vur lo'mo' nom Hoch Qu'Daj turta'.

cha'maH cha'logh Qoylu'pu'DI' rIn Huch ta chovmeH mIwDaj 'ej SIbI' ngong pa'Daq rItlu'. pa' 'el 'ej SaHbogh tej ghom, Sam Qel je muv.

pel'aQDajDaq ghaHtaH Nathaniel Faithburn'e'. pa' botlhDaq raSDaq 'oHtaH pel'aQ'e'.

HaSta HablI' chu'lu'. DaH taDHa'moHmeH mIw bejlaH Hoch.

pel'aQ poSmoHlu'...Nathaniel Faithburn lellu'...lom rurtaH. SuD 'ej let 'ej QaD. Sor Hap rur porghDaj...tujmoHlu'...ghIq Faithburn vemmoHmeH 'ul lo'lu'...qaS pagh...vonglu'...tungHa'lu'...vIHlaHbe'g hachvam QIjlaH pagh...

«vaj qay' nuq Sam Qel?...» tlhob Francis Benett.

porgh Dotlh chovmeH lav Sam Qel. nuDqu'...'aDDajDaq lI'bogh Brown-

Séquard Hergh noy QaymeH HerghwI'
lo'...lom rur 'e' mevbe' porgh.

jatlh Sam Qel «va. qaStaHvIS poH
'Iq taD...»

«toH! toH!...»

«Heghpu' Nathaniel Faithburn.»

«Heghbejpu''a'?»

«Heghbejpu'.»

«ghorgh Hegh?...»

jang   Sam   Qel.   jatlh
«ghorgh?...toH...wa'vatlh   ben   Hegh.
ngongDajvaD taD'eghmoHDI' Hegh!...»

jatlh Francis Benett «vaj mIwvam DubnISlu'ba'!»

lom ngaSbogh pel'aQ teqtaHvIS QeD qIp jeSwI'pu' jatlh Sam Qel «bIlugh. DubnISlu'bej.»

...

QongwI' pa' chegh Francis Benett. tlhej Sam Qel. Doy'qu' benett, jajvam Qu' law' ta'ta'mo', vaj DoQmIv'a'Daq Say"eghmoH ghaH Qongpa' 'e' chup Qel.

«bIlugh, Qel...jIleSnISqu'.»

«maj. jImejpa' DoQmIv'a' teb vay' 'e'
vIra', SIbI' bIleS DaneHchugh...»

«Qo' Qel. reH naDev DoQmIv'a' buy'
tu'lu' 'ej vabDot QongwI' pa'wIj
vImejnISbe'. yIqIm: leQvam vI'uychugh
neH, nargh DoQmIv'a' buy'. 'ej bIQ
DaHotchugh cha'vatlh wa'maH vagh
SImyon gheH 'e' Datu'bej!»

leQ 'uy Francis Benett. wab chuS
luQoy cha' loD. vItlhqu'choH ghIq
poS'eghmoH lojmIt 'ej DIn vegh
DoQmIv'a'. tIHHommeyDaq ghoS...

Hu'tegh! qabDaj So'meH ghopDu'Daj lo' Sam Qel 'ej DoQmIv'a'vo' beyHom bach vay'...

wejmaH tup ret bIQ'a' 'och yongHa' 'ej juHchaj cheghta' Edith Benett. DaH DoQmIv'a'Daq ghaHtaH...

jaj veb, jar Soch jaj cha'maH jav, wa'maH mun'a' menbogh malja'Daj yaHnIv nuDqa' *tera' QonoS* DevwI' 'ej ram malja'Daj Huch ta chovmeH SImwI'Daj lo'qa'. jajvetlh cha'bIp vaghnetlh wa'SaD DeQ bajta' 'e' tu'.

wa'Hu' cha'bIp cha'netlh wa'SaD neH
baj vaj ghurtaH mIpDaj!

vatlh DIS poH cha'maH HutDIch
nIvbej De' chu' ja'wI' Qu'!

-pItlh-

Milton Keynes UK
Ingram Content Group UK Ltd.
UKHW012054240124
436635UK00001B/208